LOS APARECIDOS

Cuentos que recordarás

LOS APARECIDOS

Cuentos que recordarás

Sergio Luna

Primera edición: junio 2020
ISBN KDP: 9798652385170

Autoedición
Contacto:
sergioluna21@hotmail.com
sergilun21@gmail.com

…A Daly y Vale

Porque sin

Su amor por las letras,

Su voluntad

Y su paciencia

Este libro

No hubiese sido posible.

ÍNDICE

La traición

La camioneta comenzó a acelerar. Corría alegre a su lado aunque la tierra empezaba a molestarme. Luego de un instante me dejó atrás. Todo quedó en silencio y solo la nube de polvo era señal de que no lo había soñado. Al disiparse, pude observar un camino que llegaba al horizonte.

El ruido del viento se hizo presente; siempre estuvo ahí, ahora le prestaba atención.

No comprendía bien lo que pasaba ¿Era una broma? Sí era así, fue divertida hasta el momento del correteo, pero luego la soledad avanzó sobre mí.

Continué trotando en la dirección por donde habían desaparecido. Su olor persistía en el aire y por un rato me fue fácil percibirlo.

El camino se bifurcaba y a decir verdad no estaba seguro sobre cuál tomar.

Ya no sentía el olor, el viento se lo había llevado.

Creía que habían pasado solo unos minutos, pero el sol ya comenzaba a huir de las tinieblas, así que habría transcurrido más tiempo.

Seguía sin entender, pero una duda, una terrible duda que se transformaba en sospecha nacía en mi corazón. Traté de no pensar en eso.

Tomé el camino de la derecha y recordaba el viaje que me había traído hasta aquí. Lo único que tenía en claro era que fue largo y por lugares en los que nunca había estado antes.

Fue un viaje placentero, lleno de mimos, caricias y palabras de aliento: "vas a estar bien, ya sos grande y te puedes defender". En ese momento no les presté atención...

"Ya sos grande...", solo tengo trece meses, pero supongo que eso es mucho tiempo para nosotros. Sin embargo, las ganas de jugar, de estar siempre alegre y de morder cosas, contrastaban con ello.

Su mamá me miraba desde el asiento del acompañante pero ninguna palabra salió de sus labios; él tiene seis años y sus ojos estaban húmedos. Ya sos grande, me decía —él es más grande que yo—; vas a estar bien, me decía —¿Cómo estarlo sin mis seres queridos?

Corría desesperado, mis pies abandonaron el polvo y la superficie se volvió dura y gris. Los bocinazos se hicieron presentes asustándome más de lo que ya estaba. Aún los siento en mi cabeza.

Estaba perdido.

¿Dónde estarán?, ¿por qué hicieron esto?, ¿habré hecho algo para enojarlos?

No sabía si seguir moviéndome o quedarme en el mismo lugar por si volviesen.

Pasaron tres días ya, tengo hambre y sobre todo mucha sed, pero lo que más me duele es un sentimiento que nace y oprime mi corazón.

Aún espero su regreso...

Los milagros del no nacido

Muchos son los santos a los cuales venera la gente. Tal vez haya tantos como pueblos existan; tampoco son menos las celebraciones en honor a sus nombres. Hay santos que suenan desconocidos para muchos pero en algunos parajes son muy populares. Otros son más famosos y a sus festividades acuden miles de peregrinos, incluso de otras regiones. Y la cantidad y variedad de promesas es inimaginable.

Esta es la historia de un santo que muy pocos conocieron. Quizá fue visto una vez por su madre, su padre y cuatro personas más. Si bien no fue muy conocido y nunca nadie supo que hiciera un milagro, a estos se los cuenta por montones.

El santo salvó muchas vidas de gente que nunca le prendió una vela, no por desagradecida o porque no creyeran en él, sino porque nunca supieron de su existencia.

Su primer milagro ocurrió una tarde de

agosto. En una especie de visión —que con el tiempo se convirtieron en lo más natural del mundo— vio caer por una escalera a un hombre que sufría un ACV. Al principio no reconocía el lugar pero una vez ubicado, corrió hacia un edificio que se hallaba en el centro de la ciudad. Ahora que lo pensaba, el que caía y moría en su visión le era familiar.

Llegó al lugar y buscó la escalera. En la recepción del hotel no había nadie y al entrar, hacia la derecha la encontró; era angosta y la usaban los huéspedes para ir a sus habitaciones.

Miraba la escalera pero la luz del sol que se filtraba por las puertas de vidrio se reflejaba en los mármoles de la pared y lo enceguecía. Se sintió desorientado y pudo percibir que había llegado temprano, puesto que en su visión el lugar estaba iluminado únicamente por la luz de un foco.

Recordaba que el hombre caía golpeándose la cabeza contra el piso del hall y un hilo de sangre corría de ella, ante la mirada atónita del recepcionista.

Esperó unas dos horas fuera del hotel hasta que las primeras luces de la calle se encendieron; miró hacia el interior que estaba en penumbra y el foco se encendió.

Entró de prisa. Ya había llegado el recepcionista, que no prestó mayor atención cuando él se dirigió a la escalera. Se acomodó en el primer descanso. Al rato unos pasos lo alertaron pero resultó ser una señora regordeta con su hija, que venía bajando unos bolsos. Al pasar por su lado la señora lo miró de reojo y cuando se ofreció a ayudarla, ella se negó diciendo que no se molestara.

Esperó un rato más y su tío apareció con una camisa blanca, chaleco azul, un pantalón de vestir negro y zapatos del mismo color, tal como lo viera en su visión. Abrió sus brazos preparándose para recibirlo, luego recordó que la caída se produciría en el tramo de escalera que llegaba a la recepción. No había pensado en una estrategia para evitar el accidente y solo atinó a decirle que se detuviera. El hombre quedó inmóvil por un instante mirándolo extrañado y antes de llegar al descanso se agarró del pasamano, sus ojos se pusieron blancos y sus piernas se aflojaron; el santo corrió a su auxilio y lo sujetó por las axilas de tal forma que el cuerpo quedó arqueado con los pies todavía dos escalones arriba del descanso.

Como no podía dominarlo comenzó a gritarle al recepcionista y este llegó presto. Entre los dos lo bajaron y lo acostaron en un sillón; mientras llamaban a una ambulancia su tío abrió los ojos y preguntó qué había pasado.

Este fue el primer milagro de los muchos que realizó.

Lo que no se dijo aún es que a diferencia de otros santos, sus milagros tenían una particularidad que los hacía únicos; y era que con cada vida que salvaba perdía un año de la suya.

El primero fue su tío y la lista se hizo extensa. Sus años se diluían y cada vez le costaba más cederlos pero nunca se negó. Así salvó a un primo que moriría en un accidente en el trabajo; a la abuela le alargó la vida por unos cuantos años y al final murió de vieja y en paz en su cama, junto a todos sus familiares. Incluso uno que otro desconocido aparecía en ella: una niña de ocho años que había caído de un árbol y que dos horas después moría en el hospital, fue recibida por él a unos cuantos centímetros del suelo y de la piedra en que golpearía su cabeza. Nunca supo quién era ni cómo se llamaba porque la niña comenzó a llorar y el santo no tenía una buena excusa para estar allí. Solo le ayudó a levantarse y se fue.

La última vez que hizo las cuentas le quedaban veinticinco años de vida y después de eso ya no le importó; se sentía tan bien salvar a los demás que poco interesaba su sacrificio.

A veces se tomaba un tiempo para ver cómo continuaba la vida de los que había salvado. Se enojó mucho con un sobrino, hijo de su hermana menor que por ese entonces, cuando ocurrió el milagro, tendría unos doce años. Se había casado con su vecina, una chica muy buena a la cual conocía desde niño. Cuando fue a verlo se enteró de que se había ido con otra mujer abandonando a sus dos hijos y a su esposa que sin un trabajo, se vio obligada a mudarse a la casa de sus padres para poder alimentar a sus dos pequeños.

Fue la primera y única vez que dudó de si valía la pena dar su vida por otros. Después pensó en los demás que había salvado, cuyo comportamiento era ejemplar, y se reconfortó.

Un día se sorprendió mucho al verse con solo cuatro años. Vestía una bermuda azul con una remera blanca y se divirtió al descubrirse que todavía usaba chupete. Al escuchar la risa volteó y pudo mirarse mutuamente. Con una mueca de su boca que se parecía mucho a una sonrisa y con la mano, se saludó. Luego adquirió la expresión de una persona adulta y se retiró como si algo urgente lo estuviera esperando. Para tener cuatro años parecía muy preocupado. Unas ojotas grandes que serían de su padre no le permitían caminar con normalidad y sus brazos contraídos se movían como si fueran los de un muñequito a pila. Antes de doblar en la esquina de la casa, volteó nuevamente y se miró por última vez.

El último milagro que realizó fue hace unos cuarenta y dos años, cuando se encontraba en su octavo mes de gestación; entonces, en una de sus visiones, una mujer muy joven que no conocía, junto a un hombre y a cuatro personas más, también desconocidas, moría en una sala de parto dando a luz a un hermoso bebé que lloraba y no podía ser acariciado por las manos inertes de su madre. Nunca antes la había visto pero reconoció que esa mujer era quien le había dado la vida. Su padre lloraba a su lado y era consolado por una de las enfermeras. Otra lo entregó a su progenitor y grandes lágrimas mojaron su pequeño rostro.

Se preocupó, no por tener que salvarla —de eso no tenía ninguna duda—, sino porque todavía no tenía un año para dar. Juntó sus manitos que se habían terminado de formar, oró con todas sus fuerzas y pidió al Señor que no la dejase morir aunque él no tuviera los doce meses necesarios.

La noche siguiente su madre encontró una gran mancha de sangre al despertar. La llevaron al hospital pero no hubo nada que hacer. La vida que por ocho meses había anidado en su vientre se había ido. Estuvo anémica durante tres meses y con gran esfuerzo logró salir adelante. Luego enfermó de una gripe que la postró en la cama un mes más. De esta forma pagó los cuatro meses que debía, que eran nada al lado de la muerte.

Nunca se arrepintió de su decisión; menos ahora que tiene dos hermanas, dos hermanos y muchos sobrinos. Lo que sí, le gustaría compartir esas mesas de domingo junto a toda su familia y conversar con sus seres queridos, abrazarlos y decirles lo mucho que los quiere.

Salvó muchas vidas pero nadie supo su nombre, ni siquiera él; o al menos eso parecía hasta que una noche, la noche más feliz que recordaba, se acercó a su mamá lo más que pudo y la escuchó decir en sus oraciones: "Señor, protege a mi Facundito que seguro está contigo y dile que un día lo iré a visitar y lo abrazaré para siempre".

La estación

La estación era inmensa, tanto que a veces cansaba mirarla. Me senté en un banco de madera; había otros pero me gustaba ese porque se veía raro en medio de tanta tecnología y tanto apuro. Estaba a un costado como cediendo el lugar que una vez supo ocupar. Tenía recuerdos, muchos recuerdos, que con el tiempo se convirtieron en nostalgias ¿Quién sabe cuántos reencuentros habrá visto, cuántas despedidas? Era un testigo mudo de todo aquello.

La gente iba y venía, subía, bajaba, corría, acomodaba sus valijas y yo sentado esperando quién sabe qué tren. Todos los que llegaban eran iguales, pero me entusiasmaba pensar cuáles eran sus destinos. Hubiese sido fácil averiguarlo, sin embargo, prefería imaginar que unos se dirigían al mar, otros a las montañas, otros hacia lugares tan remotos que a veces es difícil recordar.

Sentado me hallaba, inmerso en esos pensamientos, cuando el silbido de una locomotora hizo estremecer la estación. No tenía nada de especial, no obstante, llamó mi atención.

La entrada de la máquina fue imponente. Se detuvo frente de mi banco. Sin pensarlo corrí hacia ella. No tenía boleto y no me importó. No era mi tren, pero se había detenido en mi estación.

Me senté, miré a mi alrededor, a mis compañeros de viaje. No sabía por qué estaba allí. Una sonrisa me dio la bienvenida y sentí algo que yacía en el olvido. No importa qué, lo que importaba era que sentía. Mi corazón, al igual que un loco que lucha por su libertad, comenzó a palpitar.

Por primera vez en mi vida no tenía pasado, no había tiempo, solo me interesaba estar ahí, en ese momento.

Miré por la ventanilla, ya habíamos tomado velocidad y la oscura estación quedó atrás.

Era un viaje vertiginoso; de vez en cuando me preguntaba hacia donde me dirigía, pero el sonido suave de la risa me hacía olvidar cualquier duda y me sentía seguro.

Las caras de mis ocasionales acompañantes se desdibujaron. Su presencia me era indiferente. El traqueteo del tren se volvió sordo, opacado por ese dulce sonido.

Perdí la noción del tiempo. Cada vez que nos aproximábamos a alguna estación en algún paraje olvidado del mundo, sentía tristeza porque sabía que en una de ellas el viaje habría de terminar. No había comprado mi boleto así que ese final era inevitable.

Entre esos rostros desvanecidos uno afloró y tu risa era apenas perceptible. No se había apagado, solo que sonaba distante, ajena a mi mundo. Comprendí entonces que nuestro viaje, que mi viaje llegaba a su fin. Mi corazón aletargado se bajó en cualquier estación.

Se reanudó la marcha, hipnotizado miraba pasar las ventanillas queriendo descifrar tu rostro.

Entre el silbido de la locomotora escuché tu risa, era suave y dulce como aquella vez... y dolía; en ese momento supe cuál era el destino de algunos trenes...

Los trabajos y los Díaz

Al último que vi fue a Leandro. Estaba pensativo en la ventana comiendo un pedazo de pan que desgarraba con los dientes y la mano; tragaba sin masticar provocando que su cuello se hinchase cuando pasaban los trozos de masa.

Aún recuerdo cuando llegaron al barrio, fueron los últimos en hacerlo y una verdadera sensación de curiosidad se estableció en torno a ellos porque venían de Buenos Aires y traían todas las novedades del momento. Eran como diez y desde el más pequeño hasta el más grande tenían, prácticamente, un don de lengua.

Rápidamente se hicieron conocidos en la cuadra y no era extraño verlos sentados en las mesas de los vecinos que los invitaban a comer, siendo el centro de atención y provocando grandes risotadas con sus ocurrentes anécdotas.

Habían llegado en el mes de abril y todos pensamos que les sería difícil encontrar banco en las escuelas y alguno que otro iba a decirles que conocía una en donde podía haber una vacante. Ellos le daban las gracias y seguían con sus quehaceres. Pronto nos dimos cuenta de que el estudio no tenía lugar en los planes de los Díaz. La madre se dedicaba a las tareas del hogar y recibía ayuda de los más pequeños, Leandro, Rosa María, Rosita como le decíamos, Ricardo y de Micaela, la segunda después de Antonio. Los demás se dedicaban al rubro de la jardinería.

Apenas llegaron ya habían salido a buscar trabajo. Lo hacían en dos equipos, en uno iba el padre que llevaba el rastrillo y una bolsa de arpillera, acompañado por un colorado que nunca pudimos saber cómo se llamaba, se encargaba de la pala y el machete. El segundo equipo estaba formado por el hermano mayor, Antonio y por otro al que le decían Chino; también iba con ellos Carlitos que fue con el que más contacto tuve.

Salían a trabajar temprano y cuando algunos recién estábamos poniendo la pava para el mate, ellos ya pasaban con su silbido característico que con el tiempo se convirtió en un clásico.

Nunca trabajaban en el barrio, siempre se dispersaban hacía otros lugares y a eso de la media mañana se los veía volver con bolsas y a veces con cajas que según nos enteramos eran parte de pago por los servicios prestados.

Si bien era una zona de gente humilde no faltó quien solicitó sus servicios pero se negaron rotundamente alegando que tenían mucho trabajo y que no se querían comprometer si no iban a poder cumplir. Una vieja que vivía sola en la casa esquina los había hablado como tres veces para que le cortaran el pasto de la vereda y de paso conversar un rato de las novedades del barrio, pero no hubo caso. La última vez que se negaron, la vieja, que ya no estaba muy lúcida, los había mandado a verla a la madre que los había traído a este mundo y luego de tratarlos de piojosos de porquería, se dio la vuelta y a los dos días lo tuvo a don Horacio Costa, un viejo tan chismoso como ella, cortándole el pasto y hablando pestes de los Díaz.

Me asombré al ver que el trabajo de jardinería era tan solicitado, tanto que ni rogándolos se los podía conseguir para cortar uno que otro yuyo.

Alquilaron la casa de los Soria que eran una de las primeras familias que habían llegado al barrio y una de las primeras en irse. Primero lo hizo su hija que se había recibido de médica y fue a trabajar al interior, luego, Marcelo, el menor, que se casó con una maestra y consiguió trabajo en una fábrica de fideos. El señor y la señora Soria hacía más de cinco años que se habían ido, no porque se mudaran ni nada de eso, sino simplemente, se murieron con un mes de diferencia. La vivienda había quedado deshabitada y los hijos decidieron alquilarla antes que venderla.

Los Díaz seguían con su próspero negocio y la casa pronto se llenó de toda clase de electrodomésticos, entro ellos un televisor gigante que era la atracción de todo el barrio y de perros de raza que les enviaba un pariente de Buenos Aires para que los vendieran.

Habían pasado un poco más de dos meses cuando una mañana, a eso de las nueve, la hija de don Soria se hizo presente en la casa y luego de reclamar el pago de la primera cuota se retiró enojada, amenazando con que los iba a sacar por la fuerza. Don Díaz le decía que se tranquilice que ya le iba a tener la plata lista para la otra semana.

Por ese entonces caímos en cuenta de que los integrantes del grupo familiar eran menos. Faltaban Antonio, el colorado, Ricardo y el Chino. Según se supo después, habían vuelto a Buenos Aires porque a Antonio le había salido un trabajo que no podía rechazar.

Ahora el equipo que había quedado estaba conformado por Carlitos y su padre. Carlitos venía a mi quiosco a fiar mercadería y yo aprovechaba para preguntarle por su familia y siempre me decía lo mismo, que ellos habían venido de manera temporal a vivir aquí y de a poco, a medida que consiguieran un buen trabajo, volverían a su casa en Buenos Aires como lo habían hecho sus cuatro hermanos.

Al parecer los que se fueron habían llevado gran parte de los electrodomésticos y una bicicleta muy bien equipada, adquirida a los pocos días de mudarse.

A la semana, cuando los hermanos Soria volvieron a cobrarles el alquiler, la casa parecía deshabitada; y digo parecía porque yo lo vi a don Díaz correr y cerrar la puerta, no dando señales de vida hasta que los hermanos se fueron. Incluso había tenido la precaución de cambiar la cerradura, así que cuando Marcelo quiso ingresar con su llave, no pudo. Golpearon la puerta y ventanas por un lapso de media hora y luego de insultarlos en cinco idiomas subieron al auto y se fueron.

A mediados de la semana siguiente la madre y sus dos hijas también volvieron a Buenos Aires y de a poco la familia regresaba a sus orígenes. Carlitos seguía fiando en mi quiosco y de nuevo me contó que su madre y su hermana mayor habían conseguido “un muy buen trabajo con un sueldo también muy bueno" y que por eso se habían ido.

Esa fue la última vez que lo vi y extrañamente ese día también me pidió desodorante para piso que yo vendía suelto. Me fui hasta el fondo, llené una botella de medio litro que él había traído y se la entregué; le pregunté qué había pasado con los perros, me dijo que ya los habían vendido a todos y como ahora estaban regresando a Buenos Aires, su primo no se los enviaría más. Al retirarse Carlitos salí un rato a la vereda a tomar aire y con sorpresa vi a Leandro, el menor de los Díaz, que terminaba de cortar el pasto de la vieja de la esquina. Me dije que a lo mejor se estaban por ir definitivamente y que el pequeño quería hacer unos pesos antes de viajar. No preste mayor importancia a la situación y viendo que la clientela no aparecía decidí cerrar temprano mi negocio para comer tranquilo y hacer una buena siesta. Demoré un rato limpiando y dejando todo listo para la apertura de la tarde; antes de acostarme miré por la ventana y vi a Leandro con su pedazo de pan.

Me despertaron unos golpes y unos gritos en la casa de enfrente que era donde alquilaban los Díaz; eran los hermanos Soria que esta vez estaban acompañados por dos policías que trataban de mirar por las hendijas de las ventanas.

En lo que estaba atento mirando esos sucesos la vieja de la equina se hizo presente llamando a los agentes para denunciar que le habían robado el sobre donde tenía toda la plata de su pensión. Vieja loca, pensé, dónde lo habrá dejado y no se acuerda. Me fui a lavar la cara para despabilarme y preparar mi negocio. Al abrir la caja, la recaudación de la mañana no estaba.

De los Díaz no se supo nunca nada más. Los hermanos Soria tuvieron que forzar la puerta para poder entrar a la casa y darse con que el baño ya no contaba con el inodoro ni con el lavatorio ni las canillas; la cocina y la garrafa tampoco estaban.

No sé por qué pero cada vez que recuerdo a aquella familia la primera imagen que me viene a la memoria es la de Leandro comiendo pan.

De vez en cuando converso con la vieja de la esquina y los insultamos a los Díaz en cinco idiomas.

La paradoja

Había encontrado la forma de reducir el universo y recorrerlo por completo, viendo todos los mundos conocidos y posibles.

La biblioteca era pequeña pero bien surtida, la puerta principal era doble, de esas con vidrios, de las que al cerrarse hacen estremecer a todo el mundo pensando que se romperán en mil pedazos. No tenía la forma hexagonal que todos esperarían, sino que apenas se ingresaba, un pasillo dividía el edificio en dos; hacia la derecha estaba la biblioteca propiamente dicha, con vitrinas que protegían a los libros del polvo y del tiempo; había tres mesas robustas, todas escritas por innumerables generaciones.

Del otro lado se encontraba un mostrador en el cual el bibliotecario, un señor de cabello y barba blancos, anotaba e indicaba dónde encontrar el material buscado.

Era muy amable y con el paso de los

años —a contrapelo de lo que ocurre generalmente— su cortesía en el trabajo aumentaba.

Le gustaba cuando llegaban grupos de estudiantes a buscar libros por alguna tarea encargada en la escuela. Observaba sus caras alegres, sus risas cómplices acalladas por un "ssshhh" de otros compañeros.

Para pasar a la biblioteca había dos puertas, una contigua a la principal y la otra más al fondo, eran amplias y desde el mostrador se podía observar de manera oblicua la primera y la última mesa, la del medio quedaba semioculta y solo se veían sus dos extremos.

Una mañana de lluvia en que no había mucha concurrencia, se presentó un muchacho que no tendría más de doce años; traía el pelo cubierto de pequeñas gotitas como rocío que no había reparado en secar y se lo notaba un poco nervioso, como si hubiera entrado a un lugar en el cual nunca había estado antes (de hecho así era).

Saludó amablemente pero a diferencia de otros estudiantes (así lo había rotulado el bibliotecario) no traía útiles ni nada en que anotar. Pensó un momento y luego consultó sobre un libro que no sabía cómo se llamaba, al cual lo había comenzado a leer en la casa de un primo. Recitó un párrafo de memoria para orientar al bibliotecario y de esa manera pudo obtener lo que buscaba.

Sentado en la primera mesa tomó la obra con mucho cuidado, como cuando un sacerdote abre una biblia. No salió luz del libro como ocurre algunas veces, de todos modos, su rostro se iluminó.

Desde el mostrador solo se podía apreciar su espalda pequeña, su cabello que al secarse un poco había tomado un color castaño claro y el respaldo de la silla, hiperbólico ante aquel huésped diminuto.

Leyó por varias horas y tan absorto se encontraba que cuando estaban por cerrar, se asustó, devolvió la obra y salió apurado. Antes de irse averiguó el horario de apertura por la tarde.

Al regresar pidió el mismo libro y desde el mostrador se observaba que sus orejas se movían, señal de una sonrisa. A la media hora, luego de haber estado con los codos en la mesa, se enderezó apoyándose en el respaldo, miró al frente, mucho más allá de las vitrinas y de las paredes, asintió con la cabeza varias veces como si hubiese estado tomando examen a alguien y se dirigió resuelto al mostrador.

Hubo un breve comentario sobre lo buena que había estado la lectura y no tardó en pedir otro. Le dijo al bibliotecario que buscaba uno de aventuras y al rato ya tenía un nuevo ejemplar ante sus ojos. Lo tomó y en sus manos, parecía mucho más grande de lo que era.

Así, día tras día, su silueta se había vuelto parte de la biblioteca. Se sentaba en el mismo lugar y no interactuaba con nadie. En una semana había leído dos libros y comenzado otro que dejó por la mitad porque la biblioteca cerraba hasta el lunes.

Contento con la visita, el bibliotecario mantuvo la ilusión de estar frente a quien tendría el potencial de renovar su universo.

Pedía de todo: clásicos, novelas, obras de teatro, etc.

A la tercera semana, mientras desde el mostrador se podía ver su espalda, su cabello y el respaldo, hizo algo que nunca antes había hecho, giró su cabeza y miró al bibliotecario; este, rápidamente cambió su mirada simulando estar acomodando unos papeles y luego, ante el llamado de unos estudiantes que se encontraban en la tercera mesa, fue a ver qué necesitaban. Le consultaron por un libro que hablara sobre la literatura y sus implicancias sociales y políticas, a lo cual el viejo recomendó uno de Sartre; él mismo lo buscó. Sabía de memoria en dónde se hallaba. Cuando regresó a su mostrador se dio cuenta, con gran asombro, de que su implacable lector no estaba; pensó que había ido al baño, sin embargo, pasó el tiempo y nada. Fue a corroborar si efectivamente se encontraba allí pero estaba vacío. Miró al respaldo de nuevo, salió a la vereda y no lo encontró. Al otro día lo esperó con ansias para saber qué había pasado y al siguiente día también, no obstante, no volvió a aparecer.

Por un tiempo sintió que algo faltaba en su biblioteca, estaba llena de jóvenes estudiantes que leían sus libros como siempre, pero al ver la silla vacía, la esperanza que transmitía la presencia de aquel muchacho se había mezclado con una sensación que si habría que ponerle un nombre, ese sería decepción.

Desde aquel día, al entrar a su universo, percibe el espacio vacío que como él, aguarda el regreso de un libro que ya no volverá.

La desaparecida

La última vez que la vi vestía bermuda y musculosa claras (no sé mucho de colores, así que se tendrán que conformar con eso).

No se la veía desde hacía unos años y sus familiares comenzaron a sospechar lo peor.

Trato de recordar su rostro y me vienen imágenes que se esfuman tan rápido como llegan. Todas tienen algo en común, en ninguna puedo ver una sonrisa.

Su casa es enorme. Comenzó como una simple vivienda de barrio, aunque un poco grande para lo que acostumbran a ser esas construcciones; con el tiempo se fue ampliando: se agregaba una pieza, luego otra y así, sin que existiera un patrón; tan desordenadamente se fue agrandando y cerrando sobre sí misma, que se parecía mucho a un panteón.

Ella, cuando chica, era delgada y no se puede decir mucho más... Ah, podemos decir que era muy buena alumna, que tenía amigas o quizás eran amigas de sus hermanas, no estoy seguro.

No sé en qué momento comenzó a desaparecer pero, ahora que recuerdo su cara y su modo de vida, pienso que estaba destinada a hacerlo.

Nunca puse atención a su piel hasta que un día descubrí que había adquirido un color blancuzco, de apariencia enfermiza y con asombro, observé a través de ella, en sus brazos, una especie de líquido que si me dieran a optar en si era sangre o agua, optaría por la segunda.

Recuerdo que pude ver unas burbujitas de distintos tamaños que se apretujaban y luego, con cada movimiento de sus extremidades, comenzaban a circular; llevaba puesta una remera y las burbujas bajaban, llegaban a sus manos y después, al subir, se perdían bajo la manga. Ella parecía no notarlo y miraba la tele como si no viera nada o viera algo que no estaba allí.

Mi casa no es muy grande y el mobiliario no es abundante, pero cada vez que por esas cosas de las mujeres, mi mamá trasladaba o sacaba un aparador o una mesa, me sentía desorientado y como en un lugar ajeno. Con ella pasaba lo mismo, cada vez que dejaba una habitación, esta cambiaba de apariencia.

Si no se movía costaba distinguirla, se mimetizaba bien con los muebles y artefactos. Me gustaba pedirle agua fresca porque cuando estaba al lado de la heladera, prácticamente eran una sola. Pero en donde no podía verla, a menos que hiciera algún ruido o algún movimiento, era cuando se paraba frente a un aparador en donde se guardaban los platos y la mercadería. Este era de un color que ya no existía, estaba todo ajado. Nadie sabía cuándo había llegado a la casa pero estoy seguro que estaba desde antes de que la casa fuera construida. No era viejo, simplemente no tenía edad. Había estado allí toda su vida y las carcomas estaban haciendo su trabajo en las patas. Con cada año que pasaba entraban menos platos y menos mercadería porque se iba achicando; prueba de ello era que las marcas en la pared, esas que dejan detrás los muebles, sobresalían de ambos lados.

Una de sus manías era poner carteles indicadores por todos lados como por ejemplo, en la pileta del lavadero “Clausurado”, en cada llave de luz “Apague” o en las puertas “Cierre, entra tierra y luz”. Los carteles se mantenían nuevos y con colores alegres.

Le gustaba mucho la limpieza pero más le gustaba que no ensuciaran lo que había limpiado. Era una defensora acérrima de sus pisos una vez lustrados y si llegaba visita a esa hora, la sometía a una exhaustiva limpieza de calzado, si no, no entraba.

Comencé a preocuparme por su salud cuando en un asado que organizamos para luego ver el partido del domingo, pasó frente del televisor y la imagen de la pantalla solo se puso un poco borrosa. Su piel estaba tan fina y transparente que apenas contenía lo que había adentro.

Recuerdan que les hablé de su bermuda y musculosa claras, bueno, no eran claras; en realidad no había color, había existido pero cansado de tanto aburrimiento decidió mudarse.

Simplemente, su cuerpo y prendas habían adquirido la tonalidad de la nada.

Antes de irme ese día me di vuelta y la vi: se arrimó a la puerta principal que tiene una reja, no me dijo adiós, ni siquiera me miró, estiró su mano y al bajar la llave de la luz su imagen de alma en pena quedó por un instante en mi retina, luego se desvaneció en la oscuridad.

Los carteles con indicaciones siguen nuevos y con colores alegres.

Su familia todavía no realiza la denuncia.

La tesis

Recorrer el mundo sin conocerlo es lo que lo hace maravilloso. Caminar tan solo un kilómetro de él y pensar que pasaron siglos por no saber cuándo ni dónde terminará.

Ir al centro de mi pueblo era toda una aventura. No quedaba lejos, no era difícil llegar, no había ni grandes ni pequeños obstáculos que vencer, pero en mi mente existía todo eso y era apasionante.

El colectivo avanzaba, las casas pasaban rápidamente y quedaban atrás, siendo pronto reemplazadas por miles más. Gente desconocida de la que no sabía si era amable o no, a la que miraba con desconfianza.

El viaje duraba, entre timbres y paradas, entre "señora, siéntese por favor", entre frenadas y conversaciones ajenas, unos veinte minutos, no obstante, el tiempo se eternizaba.

Me alegraba llegar a una curva a mitad de camino porque me servía de referencia para saber mi lugar en el mundo y cuán lejos me hallaba de casa, lo cual me hacía sentir "mayor".

Afloraba la envidia cuando en vez de usar el pasamano del techo debía aferrarme al del asiento. Soñaba con crecer solo para poder alcanzarlo.

Gustaba de ir en asientos de atrás y observar a la gente. Renegaba cuando subía y estaban ocupados. Hasta los sacudones eran más fuertes. Cuando pasábamos por un badén la sensación de cosquillas en la panza era placentera y si bien no reía, disfrutaba de aquello.

Ah!! Y cómo recordaba las recomendaciones de mi madre sobre no tirar el boleto hasta que el guarda me lo "picara" con su maquinita. Debo confesar que dos veces no pagué el viaje y casi me deshidrato de tanto transpirar, pero valió la pena porque tenía una "hazaña" para contar.

No conocía las calles, mi punto de referencia era algún edificio, algún árbol, inclusive.

Siempre había dudas a la hora de tocar el timbre porque se debía hacer con anticipación de dos cuadras más o menos. Me ponía en puntas de pie para apretar el botón y ordenar al colectivo que se detuviera. El hecho de que estuviese alto me hacía pensar que ese botón fue creado para "los grandes" y yo realizaba esa actividad...

Tal vez para todos era un pequeño viaje solamente, sin embargo, para mí significaba una gran aventura y mi corazón con sus latidos así lo atestiguaba.

El timbre sonó, la velocidad comenzó a disminuir y como todo viaje llegó a su fin. Y junto a él, mi fantasía.

El descubrimiento de América

Cualquier destino, por largo y complicado que sea, consta en realidad de un solo momento: el momento en que el hombre sabe para siempre quién es.

Jorge L. Borges "Biogrfía de Tadeo Isidoro Cruz"

Se levantó a las cinco de la mañana, había puesto el despertador a esa hora pero unos minutos antes de que sonara se despertó y lo apagó. Se preparó un café con leche porque quería estar bien despierta y no tener hambre en clase. Lo acompañó con una factura; luego de desayunar, a las cinco treinta, levantó su mochila, la cual ya estaba lista desde el sábado a la noche y salió a tomar el colectivo. Llegaría justo a las seis, ya lo había calculado todo; sería la primera en anotarse y así ganar los asientos del frente.

Llegó a las cinco cincuenta y cinco y con desencanto observó una gran fila que zigzagueaba cual serpiente en la antesala, que había quedado pequeña ante la gran cantidad de alumnos.

Todavía no había llegado nadie de recepción y el escritorio marrón en el que se suponía serían anotados, estaba vacío.

La mayoría de los que esperaban conversaban como si fueran amigos de toda la vida y no supo si se conocían desde antes o si lo acababan de hacer. Para entretenerse con algo comenzó a contar a los que estaban delante de ella. Se iban formando tres filas dispuestas de tal manera que la número cuarenta y nueve estaba al lado de la primera. Ella ocupaba el puesto setenta y estaba al lado del número treinta y cinco, un chico que a cada momento comentaba lo fácil que era la carrera. En cinco minutos, la fila, de la cual era la última, había comenzado a zigzaguear nuevamente y quince personas más se colocaron detrás de ella. Calculó que más o menos se ubicaría en la cuarta fila del anfiteatro, lugar elegido para dictar el curso de ingreso.

Mientras renegaba por no tener el primer lugar se dio cuenta de lo desagradecida que estaba siendo y de lo tonto de hacerse problema por tan poca cosa. Era la primera de la familia en entrar a la universidad y no debía gastar sus energías en pensamientos negativos.

Sus padres nunca tuvieron la oportunidad que a ella se le presentaba. Don Francisco, su abuelo paterno, abandonó a su abuela Constanza cuando esta quedó embarazada. Su papá, Juan, nunca conoció a don Francisco y desde muy chico tuvo que trabajar para ayudar a su madre. Le hubiera gustado estudiar pero el trabajo le dejaba poco tiempo y fuerzas para hacerlo. A pesar de todo, terminó la secundaría en la escuela nocturna y cuando estaba a punto de ingresar en el terciario, su mamá enfermó y a los pocos meses se fue de este mundo. Ella lo había llamado Juan Carlos Campos, con su apellido de soltera. Nunca le dijo cuál era el apellido de su padre y viendo que los había abandonado, a él tampoco le importó mucho. Solo y sin tener quién lo ayude pospuso sus estudios hasta que un día comprendió que su sueño no podría realizarse. Aprendió el oficio de albañil y de eso vivía.

Su hermano mayor, Alejandro, había nacido cuando su madre tenía dieciochos años; a duras penas su papá podía mantener el hogar con algún trabajito que le salía de vez en cuando. La situación se complicaba con otra boca que alimentar, así que pasados unos meses y mientras Alejandro todavía era amamantado, su mamá, Daniela, salió a buscar trabajo. Luego de dos semanas de deambular y de ver malas caras, comenzó a trabajar de sirvienta en una pensión de mala muerte en donde le pagaban miserias y la explotaban.

...

A las seis y media llegó el personal de limpieza y con una especie de madera forrada por debajo con un paño suave, comenzó a limpiar la recepción pidiendo permiso a los estudiantes, que sin dejar de conversar se movían de un lado a otro mientras el hombrecito vestido de azul iba y venía con el lampazo; otro limpiaba las sillas y el escritorio. Abrieron las puertas del anfiteatro y una vez adentro las cerraron nuevamente. Por lo menos era una señal de que ya estaba por llegar alguna autoridad para anotarlos.

El hombrecito vestido de azul, de contextura mediana, de tez trigueña y andar cansino le recordó a su padre. Su mamá decía que se parecían mucho en la sonrisa. En lo demás no tenían nada que ver, ya que ella había heredado el pelo de su abuela —quien, según contó Daniela, tenía el cabello color de trigo—. Se lamentaba de no tener una foto de ella y así conocer a quien le "diera" ese pelo y esos ojos claros.

Su madre no tuvo mejor suerte que su padre y también quedó sola a temprana edad. No terminó la secundaria y desde pequeña tuvo que valerse por sí misma hasta que cuando tenía diecisiete años conoció a Juan Carlos; se pusieron de novios y al año nació Alejandro. A los veintiuno quedó embarazada de ella y esta vez la situación económica no fue tan difícil. Su padre trabajaba en una empresa constructora y el sueldo era bueno. Daniela, que había trabajado tres años en la pensión encontró un trabajó mejor en la finca del señor Monzó y sin dudarlo, renunció. A los tres meses de haber encontrado su nuevo empleo la buena noticia llegó; los dos tenían un sueldo, así que cuando nació la nueva integrante de la familia se encontró con una buena cuna y una pieza toda pintada de rosa, solo para ella. Alejandro se quejaba porque su hermana siempre había sido la preferida. Cuando niño lo decía en serio y lloraba de vez en cuando, pero luego el reclamo se volvió una broma que hacía reír de buena gana a sus padres.

Daniela entraba a trabajar a las siete de la mañana hasta las dos y si la necesitaban, ciertos días volvía a las seis de la tarde hasta las ocho. Generalmente, esto sucedía cuando la señora Monzó tenía trabajo adicional en su estudio y no podía atender la casa. Eran unos pesos extras y cuando la llamaban no se hacía de rogar.

La finca era enorme, prácticamente ocupaba media hectárea y la casa estilo colonial era de dos plantas. Cuando empezó a trabajar pensó que nunca iba a terminar de limpiarla, pero con el tiempo aprendió a dar prioridad a los lugares que más frecuentaban el señor y la señora Monzó. Los otros eran dejados para el siguiente día y nunca recibió una queja de parte de sus patrones.

...

El señor Monzó era hijo de inmigrantes y siempre que tenía oportunidad de restregar en la cara a los criollos vagos —como él los denominaba— su linaje, lo hacía. Su abuelo había nacido en Génova y según él, era descendiente directo de Cristóbal Colón. Por lo tanto decía que si no fuera por su familia toda la civilización conocida en América no existiría. Su padre se afincó en España y allá por los años cuarenta, tomó la única decisión que podía y emigró a Argentina huyendo de la Guerra Civil. El señor Monzó no había nacido todavía; solo existía su hermano que tenía unos nueve años cuando desembarcaron. Al parecer, las penurias pasadas durante la guerra habían hecho mella en su frágil salud y a los cinco meses de haber llegado, enfermó de tuberculosis y murió. Se llamaba Gerónimo.

El señor Monzó nació cinco meses después. Su padre, tornero de profesión, rápidamente consiguió trabajo en una empresa metalúrgica y pudo comprar el terreno (pequeño en ese entonces) en donde actualmente se encuentra la finca.

El señor Monzó terminó sus estudios secundarios gracias a la insistencia de su padre, pero luego no quiso saber nada más. Le gustaba el campo y después de hacer unos pesos en distintos trabajos se fue a probar suerte en el interior. Su madre tenía unos cuarenta años cuando él nació y ya no pudo dar a luz otra vez, por lo que era hijo único.

Cuando el joven señor Monzó cumplió veinticinco años su padre falleció de muerte natural, tenía setenta años. Su madre lo sobrevivió unos nueve años.

En el campo había encontrado la forma de apropiarse de tierras y sin mediar palabra alguna con los pobladores de la zona, alambraba, día y noche sin parar, grandes extensiones; contrataba peones y con la venta de la madera compraba más alambre para seguir usurpando terrenos. Los pobladores decidieron denunciarlo pero el señor Monzó ya contaba con un patrimonio bastante fuerte como para hacer que la justicia se inclinara a su favor.

Se vino a la ciudad a contratar un buen abogado y gracias a ello conoció a su futura esposa. La señora Monzó se había recibido de abogada dos años atrás y al ser su familia de clase alta, conocía a varios jueces que le debían favores. El señor Monzó, ni lento ni perezoso, la invitó a salir y al poco tiempo, no solo se casaron, sino que gracias a uno de los jueces amigos, se apropiaron de veintidós mil hectáreas e hicieron desalojar a sus ocupantes. Eran tal para cual.

Sacaban madera y carbón e hicieron limpiar unas mil hectáreas en las que sembraban distintos tipos de granos. Su fortuna era inmensa y el pequeño terreno comprado por su padre se agrandó unas ocho veces hasta ser la media hectárea que es actualmente; la casa se amplió y llenó de excentricidades.

Al abrir la puerta principal uno se encontraba con un enorme lienzo en donde estaba pintado Cristóbal Colón, sus ojos entornados al cielo, la espada en la mano señalando el suelo y las tres carabelas de fondo.

En las reuniones familiares nunca faltaba alguien que le preguntaba por su apellido y cómo estaba relacionado con Colón. Al principio, antes de contestar, pensaba un rato y hacía un gesto de fastidio. Luego comenzaba a elaborar intrincados mapas genealógicos en donde tíos que nunca fueron conocidos y demás parientes, llevaban a que su sangre se uniera directamente con la del descubridor de América.

La señora Monzó parecía no prestar atención a los delirios de su marido. Cuando joven era una de las mujeres más bonitas de la ciudad. Su silueta perfecta era lo que había impactado al señor Monzó al entrar a tribunales. Ahora estaba regordeta y una papada prominente le daba una expresión malhumorada. Mientras aparentaba no escuchar los devaneos de su esposo recordaba la primera vez que lo vio: llevaba una camisa a cuadros, un pantalón de vestir; su aspecto era desaliñado y prepotente. Lo que más le impactó fueron sus ojos claros y su cabello rubio. Cuarenta años habían pasado desde ese día y al mirarlo ahora, sentía una mezcla de rabia y resignación.

El señor Monzó renegaba del reciente revisionismo histórico y casi le agarra un infarto cuando al Día de la Raza lo compararon con un genocidio.

En el comedor, sobre la chimenea, había un cuadro de los Reyes Católicos: Isabel tenía los ojos entornados al cielo y un rosario entre sus manos; su cara rosada, más que el rostro de una mujer, parecía el de un bebé recién nacido; al lado, Fernando la tomaba del brazo y miraba fijamente al espectador. Al señor Monzó le hubiese gustado que le preguntasen por la pintura, pero como nadie lo hacía, de la nada, comenzaba a explicar que esos del cuadro eran Doña Isabel y Don Fernando, los Reyes Católicos; que gracias a ellos teníamos la vida que teníamos; que si no hubieran arriesgado todo su patrimonio nosotros no existiríamos y la perorata seguía y se mezclaba con insultos hasta que la señora Monzó lo retaba diciéndole que ya estaba demasiado borracho, que no siguiera montando semejante espectáculo.

Tanto era su fanatismo por Colón y los Reyes Católicos que a su hijo le puso por nombre —a pesar de la de negativa de la madre— Cristóbal Fernando Monzó.

...

A las siete y media en punto se hicieron presentes tres profesoras y les dijeron que antes de ingresar al anfiteatro los buscarían en las planillas para registrar la asistencia. Se acomodaron en el escritorio marrón y, por fin, la gran serpiente comenzó a moverse. Las puertas del anfiteatro se abrieron y el hombrecito que le recordaba a su padre, al grito de "¡permiso permiso!", pasó entre el enjambre de alumnos que para ese entonces había colmado la recepción.

Extrañamente vinieron a su memoria los ojos del señor Monzó. Mientras avanzaba recordaba el día más feliz de su vida, el día cuando su madre la llevó a la finca porque el patrón quería regalarle algo.

El señor Monzó le dio un abrazo muy efusivo y cordialmente, la invitó a pasar.

La señora Monzó había viajado a Buenos Aires a un congreso de abogados organizado por la Facultad de Derecho. Mejor, pensó; nunca le había dicho nada cuando a veces iba a ayudar con la limpieza de la casa y si bien su trato era amable, cada vez que la miraba parecía que de sus ojos iban a salir dos rayos que la harían desaparecer.

El señor Monzó tenía preparada una jarra con jugo y tres vasos. Su madre, sorpresivamente los dejó solos, por lo que dedujo que ya sabía cuál era el regalo.

—Siempre has sido como una hija para mí —comenzó—, te conozco desde que naciste y debido al gran afecto que le tengo a tu madre, quisiera proponerte ser una especie de padrino y pagar tus estudios. Tu mamá me habló de tus ganas de ingresar a la universidad, pero si trabajas no tendrás tiempo para estudiar...

No podía creer lo que escuchaba y antes de que el señor Monzó terminara su propuesta, de un salto, lo abrazó y le dio un gran beso.

—Quieres estudiar abogacía, ¿verdad?

—Sí, pero sabía que mis padres no podrían pagarme la carrera.

—Bueno, ahora vas a poder, no te hagas drama.

—Gracias, señor, no sé cómo se lo agradeceré.

—No me agradezcas nada. Ya te lo dije, sos como una hija para mí...

Mientras la fila seguía avanzando, sacaba cuentas de que su madre llevaba dieciocho años trabajando en la finca, un año más que su edad; pensaba en el gran cariño del señor Monzó por ella; en el hombrecito de azul que tenía la misma piel trigueña de su padre, que no tenía nada que ver con la suya; en la abuela que nadie conocía —solo su progenitora—, de la cual había heredado sus ojos y su pelo claros; y pensaba en los ojos y en el pelo del señor Monzó y en sus palabras... “sos como una hija para mí”. Como en una visión, recordó la cara de su madre el día que el señor Monzó le dio “la gran noticia”; no era la cara de una madre alegre por su hija, sino una cara de culpa.

Un sentimiento extraño recorrió su cuerpo y si no fuera por el entusiasmo que sentía por su primera clase en la universidad, se diría que era rabia.

De a poco las dudas se transformaban en certezas y luchaba para que eso no sucediera. Al llegar frente al escritorio se dio cuenta de que ese momento definiría su vida y sabría, de una vez y para siempre, quién era en realidad.

—¿Nombre?

Con voz pausada y casi deletreándolo, como oyéndolo por primera vez, dijo:

—América Isabel Campos.

(El) Avatar (recurrente)

La mañana había comenzado temprano y luego del almuerzo los párpados comenzaron a pesar. Me recosté y a diferencia de otras veces, me dormí al instante.

Un sonido como de pollitos debajo de una gallina me despertó. Al abrir los ojos me encontraba de costado con las manos entre las rodillas y mi cabeza sin almohada, colgaba; cuando quise moverme sentí un dolor intenso en el cuello. Eso me obligó, antes de levantarme, a girar y quedar mirando el techo. El ruido persistía y mientras me refregaba la zona dolorida intentaba descifrar su origen.

Apoyé los pies en el suelo y sentado en la cama observaba incrédulo un pequeño árbol como un bonsái, que salía de la pared sobre la cómoda. Se lo notaba añoso. No podía distinguir bien su tallo; era una especie de sauce pero blanco y de ahí provenía el sonido.

Estaba asombrado, sin embargo, no sentía miedo. Sus hojas —cual cabellos— lo cubrían por completo y no se podía ver a través de ellas. Observé que la cobertura tenía la forma de un paraguas; su interior estaba repleto de ramas desnudas y de musgo seco, similar a ese papel picado que viene en las cajas con cosas frágiles.

Lo segundo que vi fue el cuello de un ave color gris que agitada y de ojos saltones parecía tener mucho miedo. Miraba en dirección contraria a donde yo estaba y sacaba una lengua negra. Pensé que estaría con mucha sed y trataba de recordar si tenía un recipiente para darle de beber. El sonido que me había despertado procedía de un pichoncito de gorrión que con apenas unos cuantos plumones, trataba de refugiarse detrás de un gorrión adulto —por eso deduje que era su cría—. En un pequeño nido que me mostraba su estructura entretejida, unas plumas me avisaban que el pichón había huido desde ahí en el momento en que me aproximé.

Me incliné un poco a la izquierda y pude observar un cardenal tan perfecto como una pintura. No prestó mayor atención a mi presencia y si no fuera porque parpadeaba continuamente diríase que estaba embalsamado.

Cuando veía a través del follaje desde el

interior donde se encontraban las aves, era como si el sol estuviese arriba y de vez en cuando se dejaba apreciar. De hecho, la luz lo inundaba todo.

El ave color gris seguía agitada y decidí darle agua. Me paré y desde arriba el pequeño árbol semejaba la cabeza recién lavada de una mujer que se estaba peinando.

En el comedor me encontré con mi madre y le conté lo que había visto; al contrario de lo que esperaba me contestó, con la mayor tranquilidad posible, que no me preocupe y tratase de no asustarlos.

—Voy a llevarle agua a una que tiene mucha sed —le dije—; me miró recomendándome que lo hiciera con mucho cuidado porque era un ave tímida y se podría poner nerviosa.

Le pedí que viniera conmigo a mirar el árbol. Una pequeña catita color verde jugueteaba colgada patas para arriba de unas ramas y más abajo, otra dejaba ver su diminuta cabeza también color verde con una franja roja.

De la nada salió un gran loro que tenía unos colores intensos, sujetaba una rama y con su pico la cortaba en pequeños trocitos.

Mi madre me aconsejó que mejor no le diera de beber porque los iba a asustar a todos y si volaban, posiblemente no regresarían. Tomó un trapo viejo descolorido, medio transparente y cubrió el árbol. Debajo, otra vez pude escuchar el sonido que me había despertado y abrí los ojos.

La muerte

Su sueño era conseguir un trabajo que le dejara tiempo para compartir con sus amigos. Desde pequeño lo tuvo claro: estudiaría alguna carrera terciaria o universitaria que le permitiera vivir cómodamente y sin sobresaltos.

La conoció cuando estaba cursando el segundo año de la universidad. Fue a sacar unas copias y no se encontró con el dueño, quien desde que le iba bien en el negocio había cambiado radicalmente su forma de ser: hablaba a los gritos y parecía creer que eso lo elevaba por sobre las otras personas; demoraba en contestar ante las consultas de los estudiantes y si resultaba que no llevaban cambio, los retaba y renegaba de ello. Cuando empezó, los trabajos encargados estaban al día pero ahora había que esperarlo y si no le gustaba al cliente no tenía ningún prurito en mandarlo a otra fotocopiadora. En lugar de este personaje repugnante, como él lo consideraba, estaba ella; de espalda fue la primera vez que la vio, su cabello castaño le llegaba hasta la cintura. Demoró un rato en fotocopiar un libro y luego le preguntó amablemente, qué deseaba. Por su voz tan natural dedujo que su presencia no había producido (como él lo hubiese deseado) ninguna impresión en la nueva empleada de la fotocopiadora.

Pasó la primera parte del año y el intercambio que tenían era solo unas explicaciones de las hojas a fotocopiar y algún que otro "gracias" cuando no había muchos clientes.

Lo recordaba bien, eran los apuntes con los cuales tenía que preparar el trabajo final. Fue temprano para no tener que estar a los empujones con los otros estudiantes. Solo lo precedía un chico que hacía fotocopiar su documento. Ella estaba de espaldas haciendo su trabajo y se acomodaba el cabello detrás de las orejas mientras seleccionaba la cantidad de copias en la máquina. Entregó las hojas y cobró. Luego, metiendo las manos en los bolsillos de su pantalón, suspiró y por primera vez le sonrió. Él no sabía si aparte del saludo le debía preguntar cómo estaba o simplemente indicarle lo que quería porque la empleada lo miraba y seguía sonriendo como esperando conversar de algo. Correspondió a su sonrisa con otra y cuando se disponía a abrir el libro para indicar las páginas, lo interrumpió preguntándole si se había caído de la cama y rio nuevamente. Le extrañó su repentina confianza y se dio cuenta de que se trataba de algo más.

A la semana se encontraron en un bar y se dieron su primer beso.

La relación se volvió apasionada; él había cumplido veintidós y ella tenía diecinueve. Desde que la conoció le fue sincero; antes del encuentro en el bar le avisó y aclaró que no es que no quería, sino que no podía porque tenía novia. Claudia no se mostró decepcionada y como si lo dicho no fuese algo importante, lo animó diciéndole que solo quería tomar algo y conocerlo como amigo. Ambos sabían que era una mentira pero se dejaron engañar.

Su vida, que hasta ese momento no había tenido grandes sobresaltos, se complicó. A la mañana cuando acudía a clases su cabeza estaba en otro lado. No descuidaba sus estudios pero comenzó a frecuentar la fotocopiadora a cada rato que podía. Aparte de sus horarios, de las reuniones de grupo, etc., debía planificar los encuentros con su novia y con su nueva amiga. Sin embargo, todo marchaba sobre ruedas, su pareja no sospechaba nada y él, que en un principio sentía pánico de mostrarse nervioso o de hacer algo que lo delatase, se tranquilizó y pudo manejar la situación.

Más allá de que todo parecía estable su conciencia no lo dejaba tranquilo porque sabía que tarde o temprano tendría que decidir y todo acabaría. Las dos mujeres que deseaban su amor se manejan con soltura, una con la inocencia de no saber lo que pasaba y la otra con el sacrificio que implicaba compartir al ser querido; al menos esa es la conclusión a la que llegó Leonel.

En diciembre, cuando se aproximaban las fiestas, comenzaron ciertas presiones que no le agradaron. Claudia sabía que no lo vería tan seguido en las vacaciones porque la fotocopiadora cerraría y él comenzaría a prepararse para los exámenes. Se mostró cariñosa como nunca y le pedía que hiciera un esfuerzo para estar más tiempo juntos.

Hasta ese momento, Leonel nunca había forzado una situación que pusiera en riesgo su noviazgo con Sofía, pero como la insistencia era tanta y sentía estar en falta, comenzó a salir en horarios poco acostumbrados a ver a amigos que nunca llamaba por su nombre.

Llegaron las fiestas y la última vez que se vieron fue el veinte de diciembre a la mañana. El veinticuatro, antes de las doce, le llegó un mensaje pero no lo vio porque sabía que era de ella. Su novia lo abrazaba deseándole felices fiestas y por primera vez se sintió una mala persona.

Se volvieron a ver a fines de enero pero Leonel no tenía muchas ganas. Sin embargo, al encontrarse la vio hermosa como siempre y se dio cuenta de lo afortunado que era.

Las fechas de examen se aproximaban; Leonel se había propuesto aprobar tres materias anuales en marzo. Sus tíos eran profesionales que se recibieron con honores así que tenía buenos antecedentes en cuanto a lo académico; incluso, observando sus notas del primer año y su alto grado de comprensión de lo que estudiaba, parecía superarlos intelectualmente. Sin duda, algún día, su nombre sería conocido por algún invento o descubrimiento que impactaría en la sociedad. Sus profesores sabían de su potencial y era uno de los candidatos con mayores posibilidades para recibir una beca. Al comenzar el segundo año se desempeñaba como ayudante de cátedra y se desenvolvía como si fuese un profesor con mucha trayectoria.

Los mensajes seguían llegando; una que otra vez entraba alguna llamada que rápidamente era silenciada. Tal era la insistencia de Claudia que no tuvo otra opción que llamarla. No estaba enojado e incluso la extrañaba. La saludó y pensando que se encontraría molesta por no contestar sus mensajes ni sus llamadas le pidió perdón; como del otro lado no había respuesta siguió hablando y le explicó que tenía ganas de verla, pero no le encontraba solución a la situación en la que estaban. Ella le preguntó si quería terminar, pero sorprendido de escuchar esa palabra le dijo que no. Simplemente, al no tener excusas para salir seguido, ahora le era más complicado. Siguió pidiendo por favor que no se enojara y ella, sin más, le dijo "estoy embarazada".

La primera reacción de Leonel fue exhalar una especie de risa y después quedó en silencio esperando que del otro lado le dijesen algo más; luego, en microsegundos, su mente visualizó lo que pasaría con su novia cuando se entere y con sus estudios, que no los podría continuar porque tendría que trabajar para mantener a su familia; incluso pensó en la estación de servicios que se hallaba cerca de la universidad como posible fuente de trabajo... pero no, seguro era una mentira y ante el silencio que continuaba agregó —...me muero, no hagas esas bromas. —No es ninguna broma —respondió Claudia—, estoy embaraza, ¿qué vamos a hacer?

Al otro día de la noticia se encontraron y aún, un momento antes del encuentro, mantenía la esperanza de que no fuera cierto.

Llevaba unas semanas de embarazo. Él la observaba y no veía ningún cambio en su figura; en el fondo seguía esperanzado de que fuera una broma de muy mal gusto.

—No hay nada que pensar, lo hecho, hecho está, tenemos que seguir adelante —le dijo Claudia—. Como si lo sucedido no marcara un antes y un después en sus vidas.

La miró enojado y la tildó de egoísta porque ella no tenía nada que perder. Antes de despedirse le dijo que no se haría cargo de nada.

A la semana, la culpa hizo que la llamara y le pidiera perdón porque había estado mal, pero no podían seguir con esto.

Claudia le recriminó el hecho de que la quisiera dejar y en esas condiciones, sin embargo, Leonel no se refería a eso. Luego de un rato de conversación la cuestión quedó aclarada: el embarazo debía interrumpirse.

Ella le cortó llorando, no obstante, los días siguientes Leonel la presionó tanto que empezaron a hablar de cuánto saldría una intervención. No lo podía creer: esa persona que tanto le había gustado la primera vez que la vio cuando fue a sacar unas copias, ahora le pedía matar a su hijo.

De repente sintió repugnancia de sí misma por estar hablando de ese tema y lloró.

Durante las próximas semanas Leonel la llamaba todos los días para preguntarle qué había decidido. Ella lloraba y no quería hacerlo pero la presión era tanta...

Para marzo el embarazo comenzó a notarse y la madre de Claudia, que ya sospechaba algo, por fin fue anoticiada de la novedad. No recibió el reto que esperaba y aprovechó para contarle quién era el padre y la situación en la que se hallaban. Omitió contarle el tema del aborto.

Sofía lo había notado muy nervioso los últimos días pero lo atribuyó a que se aproximaban las fechas de los exámenes y no le preguntó nada. Leonel agradecía los momentos de soledad y la eludía cada vez que podía.

Acostado en su cama, mirando el techo, pensaba en lo horrible de su proceder con Claudia, luego se daba fuerzas diciéndose que era la única solución.

Para hacer la intervención contaban con un tiempo límite de embarazo. Comenzó a averiguar cuánto costaría.

No podía creer cómo todo se había complicado de un día para otro.

Si bien siempre tuvo todos los medios para estudiar nunca contó con efectivo y eso ahora era su mayor problema. Empezó a maquinar formas de conseguir dinero de manera rápida. Lo primero que se le venía a la mente era sacar la lotería, luego se decía que debía pensar seriamente y comenzaba a planificar robar algún negocio o un banco, inclusive. Lo último, no solo no era serio, sino que le parecía estúpido.

Mientras divagaba vino a su mente la figura del dueño de la fotocopiadora. Le pareció más repugnante que nunca y recordó la caja registradora repleta de billetes. Claudia, cuando se estaban conociendo, le contaba de su trabajo y que se manejaba mucho dinero que el dueño retiraba los miércoles y viernes.

La puerta que se hallaba a un costado del negocio era de chapa y no se veía muy fuerte. Con una barreta la puedo abrir y nadie lo notará, pensó. El problema era que se encontraba en el centro de la universidad la cual era vigilada por tres guardias.

Por un momento descartó tamaña locura pero la idea iba y venía y de a ratos tenía lógica.

La única manera era esconderse hasta que cerraran la universidad, actuar de noche y esperar escondido hasta el otro día.

Sabía que no tendría una buena coartada para pernoctar afuera pero no le importó.

Planeó el golpe un martes. Estaba seguro de que la cantidad que habría de dinero le sobraría para pagar el aborto.

Su cabeza no tenía descanso. Ya no llegaba con las materias que debía preparar para rendir. Era lo de menos. Primero realizar el golpe, solucionar el gran problema y luego seguir con su vida. Visto desde afuera todo parecía muy absurdo pero para él tenía sentido.

El vientre de Claudia cada día se notaba más y no estaba seguro de que se pudiese hacer la intervención, sin embargo, cada día la presionaba para que lo hiciera. Ella quería eludir el tema pero ante la tozudez de Leonel decía que lo iba a pensar.

El martes a la mañana, con el pretexto de saludarla, pasó por la fotocopiadora para ver si la recaudación era buena. Se fue, cuando llegó a su casa dijo que iba a tener clases por la tarde. De esta manera, la primera parte del plan se estaba llevando a cabo.

A la siesta un terrible dolor de cabeza no lo dejaba dormir. Subía desde la nuca y parecía que haría estallar su frente.

No merendó y salió apurado de su casa, argumentando que se le hizo tarde.

Sabía bien donde se escondería hasta que todos se fueran. El cuarto donde guardaban sus elementos de limpieza los ordenanzas de la mañana no tenía llave y ahí se escondió. Estaba seguro de que nadie abriría la puerta, así que se acomodó en una silla y en plena oscuridad cerró los ojos intentando hacer pasar el dolor de cabeza que por ratos lo mareaba.

Luego de una espera eterna los pasillos

comenzaron a silenciarse. Apenas podía ver un poco de luz por debajo de la puerta. El dolor de cabeza no disminuía. Por momentos el silencio era absoluto y de a ratos se escuchaban las puertas que eran cerradas por los guardias.

Su corazón comenzó a latir aceleradamente. Tendría que esperar una hora o más hasta que todo estuviera calmo. Por un instante se sintió ridículo, ahí, escondido en la oscuridad. No podía creer que estuviera por hacer tamaña estupidez. Cerraba los ojos y apretaba su frente como si con eso quisiera sacar el dolor que sentía en la sien. En un instante lo decidió, no iba a robar nada, dejaría que Claudia lo tuviera a su hijo y... no le podía contar la verdad a Sofía. Todo volvía a cero.

Pasaron dos horas y decidió ver si había alguien.

En la mochila tenía la barreta con la que abriría el local. Sus manos estaban sudorosas y su cabeza parecía partirse del dolor.

Con mucho cuidado abrió la puerta del depósito y la cerró de nuevo. Quiso avanzar hacia la fotocopiadora y los pasos del guardia retumbaron por todo el pasillo. En caso de emergencia había planificado escapar por el ala sur de la universidad; allí había un baño cuya ventanilla con el vidrio roto daba a la calle.

Lo último que vio antes de empezar a correr fue la cara conocida del guardia, que asombrado no atinaba a perseguirlo. Se dirigió hacia el baño y nunca supo si el guardia fue detrás de él o a llamar a los otros. Tiró la mochila con la barreta por la ventanilla y escapó. Corrió lo más rápido que pudo y el corazón parecía estallarle. No había nada que hacer, tan solo esperar que el guardia no lo delatara, porque lo conocía muy bien y sabía que era estudiante de la universidad.

Llegó a su casa como a las dos de la mañana. Sus padres ya dormían y tratando de no hacer ruido pasó a su cuarto.

Sin prender la luz se sentó en el suelo, en un rincón. El dolor de cabeza no cesaba. Quiso llorar pero no pudo. Todo había acabado, dentro de unas horas amanecería y el guardia contaría a la policía quién era el que había intentado robar en la universidad.

Su vida, que hasta unos meses atrás era una de las más prometedoras, se había arruinado.

Siempre se consideró inteligente pero ahora se sentía estúpido.

Le pareció irónico que la semana anterior había buscado en el diccionario el significado de la palabra "encrucijada" y rio sin ganas. Hiciese lo que hiciese lastimaría a alguien ¿Cómo decirle a su novia que esperaba un hijo con otra mujer? ¿Cómo abandonar a su amante, ahora que era la futura madre de su hijo?

En plena oscuridad cerró los ojos y una puntada en la sien hizo que no los volviera a abrir.

Su madre lo encontró a la mañana. Parecía dormido y tranquilo como si estuviese soñando algo placentero, pero simplemente, estaba muerto.

El guardia que lo había visto nunca lo delató porque al otro día salía de vacaciones y no quería perder tiempo prestando declaración. Sus jefes le pidieron que hiciera un informe y ahí quedó todo.

Su hijo nació en septiembre, antes de la llegada de la primavera. Claudia habló con su madre y acordaron no decirle nada a la familia de Leonel.

Sofía no podía creer que esa persona que tanto quiso ya no estaba y por dos años permaneció muy triste; finalmente conoció a otro chico y hace dos meses que están saliendo. De vez en cuando piensa en Leonel y le duele darse cuenta de que esos sentimientos se convirtieron en recuerdos.

El vidente

Su fama corrió a lo largo y ancho del pueblo, tanto que le quedó chico y empezaron a llegar de otras localidades para consultarlo.

Con el correr del tiempo iba perfeccionando sus predicciones y los datos que brindaba eran cada vez más precisos y detallistas. Una vez le dijo a una señora que el jueves no fuera por la calle por cual siempre iba a hacer las compras porque algo muy grave ocurriría. Ese día un colectivo y un automóvil protagonizaron un accidente tan espectacular que el primer vehículo terminó incrustado en la verdulería en donde la señora se abastecía.

Hasta él mismo se asombró de su precisión.

Cuando alguien le hacía una consulta, no solo conocía la respuesta, sino que sabía lo que le iban a consultar, de antemano.

Todo el mundo lo conocía por “el Vidente”. Le hubiese gustado que lo llamaran Jorge como lo hacían sus padres y todos sus conocidos, pero era el precio de la fama.

Al principio no le molestaba y hasta le agradaba su trabajo; era sencillo y la paga era buena, no obstante, con el correr del tiempo, tanta gente, haciendo tantas preguntas, lo había comenzado a agotar.

Su vida se volvió monótona; se levantaba a las siete, se lavaba la cara y antes de desayunar miraba por la ventana a la muchedumbre esperando por sus servicios; incluso había noches en que no podía dormir por el rumor de la gente que venía a ganar turno para la mañana.

Tenía una pequeña huerta a la cual, antes de empezar con esta profesión, atendía con entusiasmo, pero desde entonces se ocupaba su hijo más pequeño.

Otras noches quería sentarse en el patio y disfrutar del fresco pero recordaba que tendría que hacerlo al lado de algún desconocido dormitando en un sillón y desistía de su deseo.

Algunos le consultaban por los números que saldrían en los juegos de azar y siempre les decía "no busques la riqueza fuera del trabajo" y si no tenían otra pregunta los despachaba rápido.

Lo que más le dolía y siempre tenía la duda de si decírselo o no, era cuando llegaba alguien con alguna enfermedad y sus visiones le avisaban la fecha y hora de su muerte. Tanto pensaba en ello que comenzó a ver el fallecimiento de quien llegaba a su consultorio.

Ver el fin de todos los que lo rodeaban no le agradaba para nada, pero la inercia de la situación lo empujaba a seguir ¿Cómo no ayudar ante tanta necesidad?

Había aprendido a no aconsejar, solo indicar o contar lo que iba a pasar y que el paciente decida.

No quería interferir con el destino, sin embargo, de alguna manera lo hacía.

Muchos llegaron a entrevistarlo, a realizar estudios: médicos, estudiantes universitarios, periodistas, pero nunca respondía a sus preguntas; se limitaba a predecirles algún suceso de su vida que ocurría dentro de unos días y eso era suficiente para que creyeran en él.

El 18 de abril de 1998 (lo recordaba bien) llegó un joven de apariencia tranquila que dijo ser estudiante de periodismo (aunque él ya lo sabía) y a diferencia de sus predecesores, no le preguntó de dónde provenían sus poderes ni si había hecho un pacto con el diablo ni cuál era su color favorito; simplemente le preguntó cuál era su mayor temor (a pesar de haberla escuchado tantas veces siempre se sorprendía gratamente).

—Mi mayor temor —le respondió— es el

aburrimiento y la monotonía y estoy condenado a ellos.

—Pero... si todos los días ve gente nueva, caras nuevas, vidas nuevas y ve lo que le va a ocurrir a esas vidas en el futuro, ¿cómo aburrirse con eso?, no hay modo de que sea monótono —le dijo el muchacho.

Siempre le contesta lo mismo pero el estudiante no lo recuerda nunca.

Es 18 de abril de 1998, falta solo una hora para que el joven de apariencia tranquila llegue y le haga la pregunta tan ansiada. Anhela que evoque algo de lo que ya le dijo miles de veces, porque se siente muy solo.

Una vez recordó que alguien escribiría sobre él, sus poderes y su monotonía.

El árbol

Recuerdo una mañana agradable, estaba nublado y corría un viento fresco, contrastando con la noche calurosa que había pasado. Los susurros de la ciudad despertándose apenas eran perceptibles.

Me llamó la atención una camioneta blanca con letras de alguna repartición pública. Parados al lado de ella había tres hombres mirando un árbol que se hallaba a una cuadra de casa. Debía de tener más de veinte años esa planta. Un jacarandá que creció torcido porque un muchacho del barrio que había tomado el auto sin permiso, lo chocó.

Estaba en el mismo sitio donde me paré ese día a observar a los hombres; de la nada apareció el auto blanco que dobló bruscamente, hizo como una pequeña pausa, luego las ruedas traseras derraparon levantando polvo y lo embistió.

El tallo era delgado pero lo suficientemente fuerte porque aguantó la embestida. Quedó inclinado y pensé que se secaría, sin embargo, al pasar de los días seguía verde. Con el tiempo solo quedó una cicatriz como recordatorio de aquel incidente.

Al observar cómo deliberaban, vaya uno a saber de qué, noté la cicatriz apenas perceptible. Había pasado inadvertida por mí más de veinte años, hasta ese día.

Me fui, salí de casa para hacer lo que hago todos los días y de tanto hacerlo a veces se me olvida. Cuando regresé supe sobre qué deliberaban aquellos al lado del árbol: solo quedaban de él unos cuantos centímetros. El resto se había convertido en una parva de ramas y hojas.

Debo confesar que me sentí triste porque —nadie sabe esto— lo vi crecer, sufrir un golpe, sobrevivir y recomponerse; y ahora era tan solo un montículo esperando al camión de la basura.

Ese día pasó y me alivié cuando más tarde se lo llevaron. El paisaje ya no era el mismo. Reflexioné por un instante sobre cómo todo llega a su fin. De alguna manera ese ser que había dejado de existir me representaba.

Como generalmente sucede, el tiempo siguió pasando y llegó el momento de caminar, no ir en colectivo ni en bicicleta, solo caminar. Enfilé por la vereda despareja.

Tu casa quedaba lejos. No tenía apuro. No quería llegar. Es curioso, no recuerdo tus palabras (tal vez no quiero hacerlo) pero sé que todas se resumen en una, “terminamos”.

La vuelta no tuvo nada especial, no sentía tristeza, no lloraba; estaba fresco, no obstante, me saqué mi abrigo porque quería sentir algo, aunque sea frío. A un par de cuadras decidí desviar un poco mi camino y pasé al lado de ese ser que hasta hace unos días me representaba. Perdida entre los yuyos estaba su base. De alguna forma él estaba en mí. Lo observé por un momento... Entonces, una brisa cálida me envolvió, una brisa de esperanza: un retoño, un pequeño retoño había nacido. Existía vida, todavía.

La felicidad

Había llovido durante todo el día. Al despuntar el sol en el horizonte comenzaron a llegar unas nubes oscuras que se movían pesadamente por el cielo. Un viento, más intenso que una brisa, movía las hojas de los árboles y algún remolino se formaba y corría por la calle arqueando su espalda como si una mano invisible quisiera atraparlo. El agua se desprendió de golpe formando una cortina blanca.

A la siesta, el ruido continuo de una llovizna suave se hizo sordo y de vez en cuando era interrumpido por un chaparrón que no duraba más de cinco minutos. Las calles estaban llenas de agua y a eso de las seis, viendo que el aguacero ofrecía una tregua, los autos y las gentes comenzaron a deambular hacia quién sabe qué rumbo.

Ya era hora de que las primeras sombras se hicieran presentes pero el día se puso claro, porque si bien el sol estaba abajo, las nubes, cual espejos, diseminaban la luz y nos rociaban con ella por todos lados. Una que otra nube amenazante no se resignaba y surcaba los cielos dejando caer de a ratos pequeñas gotas.

Los pájaros pasaban apurados porque que en cualquier momento se apagaban las luces. Solo unas golondrinas jugueteaban tranquilas o al menos eso parecía pues daban vueltas y se elevaban para dejarse caer en picada.

Cuando el día comenzó a retirarse se hicieron presente el canto de las ranas o de los sapos, vaya uno a saber cuál de los dos era, o quizás eran ambos.

La noche se puso fresca y después de los días de intenso calor era un verdadero alivio.

Bien entrada la noche decidí salir un rato y tras un corto viaje me detuve a esperar a alguien. Mientras lo hacía, observaba la calle semiiluminada por el foco de una esquina que se reflejaba en el agua dándole una apariencia de profundidad que no tenía.

La luz en el agua se rompía en mil pedazos por los chapoteos constantes de un grupo de niños, tres varones y una mujer. Ella era la mayor, la que moderaba y evitaba que el juego se volviese peligroso.

Jugaban enfrente de una casa derruida que no tenía luces; la ventana estaba abierta y se podía descifrar que tiempo atrás había sido verde; la puerta estaba al lado y solo se veía el marco descolorido. El revoque era una especie de salpicré color gris intensificado por la humedad, que en ciertas partes había caído. En el techo unas chapas apretadas con unos bloques de cemento completaban la construcción. De la puerta salía una vereda como una pasarela, cuyos límites eran dos filas de adoquines y en el medio, contrapiso de cascote que se perdía en la tierra a unos tres metros antes del cordón de la calle. Inmediatamente de desaparecida la vereda, un paraíso coposo y joven se levantaba orgulloso. Parecía un hongo y era sacudido para mojar a algún desprevenido que se parada cerca de él.

El juguete utilizado era una mitad de ladrillo que era arrojado al agua y salpicaba a los demás. Esto provocaba unas risotadas desmedidas. Fuera del grupo, en la pasarela, cerca de la puerta, una chiquita que no tendría más de cuatro años también participaba del juego y aunque lejos estaba de ser salpicada corría hacia adentro con la misma desesperación que los otros y se perdía en la oscuridad. Al rato, como esos ratones que esperan que vuelva el silencio, arrimaba su cabeza y todo comenzaba de nuevo.

Los vidrios se empañaban y tenía que limpiarlos para poder seguir con atención los sucesos. El frío se había acentuado más, sin embargo, ellos parecían no sentirlo. Salvo el más chico los otros dos estaban descalzos y se introducían en el agua marrón con la mayor naturalidad posible; incluso cuando eran salpicados por un poco de barro se enjuagaban las piernas mojándoselas completamente. Sentí escalofríos al verlos con los pies totalmente sumergidos. No paraban de reír y me pregunté si habían cenado algo (no creo)... y si no lo hubiesen hecho de dónde provenía esa risa.

El juego era monótono y la risa contagiosa. Ella protegía a los más chicos y el más grande los atacaba desde la calle. Había un charco en la vereda de tierra y de vez en cuando era utilizado por este último para salpicarlos con agua con barro hasta la cabeza.

Viendo que el juguete no alcanzaba para todos y que los turnos para tirarlo eran prolongados, el más chico entró en la oscuridad y volvió con un pedazo de madera. La más pequeña entro con él y salió prendida del nuevo juguete haciendo una cara de que iba a llorar. Nadie le hizo caso y de un tirón se lo sacaron de las manos. La madera intensificó la batalla, ya no era sólo atacar y retroceder, ahora había enfrentamiento y las risas y los dientes blancos se multiplicaron.

Ocasionalmente había una tregua y las armas se convertían en puentes para algún transeúnte que no quería mojar su calzado. Incluso el más grande cargaba a algunos en su espalada hasta el centro de la calle, lugar donde el agua no había llegado.

Una pregunta recurrente vino a mí y la respuesta pareció más lejana que nunca.

El cielo se había lavado y se podía ver infinidad de estrellas que estaban tan lejos y tan juntas que parecían polvo.

Las casas, con su tenue luz, semejaban ser testigos mudos que aborrecían la profanación del silencio de esas horas de la noche; a los lejos, como si estuviese en otro mundo, se escuchaba ladrar a un perro; y el frío, los pies sumergidos, el agua amarronada salpicando en todas direcciones, el juego y las risas, contradecían a todo el universo.

La luna se había elevado y una nube oscura la atravesó.

Un gallo agorero predijo que la lluvia volvería.

Los ricos son más buenos

Las naranjas volaban en el mediodía impiadoso y la gente cansada de tanto sol buscaba cada resquicio de sombra para trasladarse. Los colores se habían puesto perezosos y se tomaban todo el tiempo del mundo para cambiar. No tenía ganas de comer pero la costumbre me empujaba a llegar pronto para ingerir un suculento plato que me esperaba. Una botella toda transpirada en la pared de un quiosco color rojo y de rejas blancas que comenzaba a bajar sus ventanas, me hizo desear tomar algo fresco. La luz intermitente del viajero del frente me indicaba cuál era su destino al mismo tiempo que intensificaba el calor. Los árboles lucían abatidos y sus hojas deshidratadas permanecían inmóviles como si no quisieran llamar la atención del verdugo. Hasta la vista estaba molesta y sensible ante el paisaje amarillento y de vez en cuando había que refregarse los ojos para sacar un poco de ardor.

En la radio sonaba una canción que no conocía; ahora que el ruido del viaje ofrecía una pequeña tregua, la escuchaba. Tenía buen ritmo y por un momento presté atención a su letra; era una especie de reggaetón pero hablaba sobre las virtudes que había en obedecer a Dios y el infierno que nos esperaba en caso contrario. Bajé un poco el volumen y cambié de emisora. Con voz estridente una mujer decía la hora y el pronóstico del tiempo en Buenos Aires para el miércoles 18 del corriente. Me alivié un poco al escucharla ya que anunciaba lluvia por la tarde, lo cual quería decir que mañana jueves o el viernes quizás, iba a llegar cambio del sur.

Mi vecino, alocado por el calor, tocó la bocina como si con eso se apurarían los colores. Lo miré tratando de deducir cuál era su intención al causar semejante alboroto. La mujer a su lado, al parecer sintió vergüenza y luego de aproximar su cabeza para mirarme se escondió detrás del pecho de quien, supuse, era su marido.

Las naranjas seguían volando y no podía ver quién las comandaba. Me alteró un poco su desaparición. Apagué la radio y traté ver si lo volaban a menor altura.

En ese instante recordé que cuando niño, concurría a la iglesia. A veces iba con mis padres y otras, solo. Yo era el encargado de dar el diezmo al momento de la colecta. Era incómodo cuando la bolsa de tela color marrón se aproximaba y no había nada para depositar. Cuando faltaban tres filas para que llegase a nuestro banco los ojos se ponían fijos en algún punto de la iglesia al que mirábamos sin ver. Sin embargo, antes de seguir su camino, se detenía inquisidora a la altura de nuestro pecho, como si quisiera decirnos “si tienes corazón debes ayudar”. Luego de un rato, miraba hacia atrás y me aliviaba al verla alejarse.

Siempre pensaba que aparte de recolectar dinero, esa bolsa con su aro y manija de hierro, serviría para atrapar mariposas. También caí en cuenta que las veces que teníamos algo con lo que colaborar en la colecta, se correspondían con la primera mitad del mes. Las razones están demás decirlas.

Miré por el lado izquierdo y vi a la pequeña silueta que parada al lado de la ventanilla recibía su primera limosna. Rápidamente el vecino del frente subió su vidrio.

La silueta, que ahora veía bien, vestía una remera que en otro tiempo habría sido blanca, con un enorme agujero debajo de la axila izquierda y un pantalón de gimnasia cortado a la altura de las rodillas. Sus pies anchos por tanto andar sin un molde que los contuviese, parecían no sentir el pavimento calcinante y su cabeza apenas llegaba a la altura de la ventanilla.

Se paró al lado del que acababa de subir sus vidrios sin darse por aludido del desprecio que eso significaba y suavemente, con su mano izquierda golpeó el cristal, luego, uniendo el índice con el pulgar y levantando los otros tres simbolizó algo redondo.

Sus bolsillos estaban hinchados por sendas naranjas voladoras; la tercera estaba en su mano derecha.

Me puse más impaciente que el adicto a tocar bocina que tenía a la par y con disimulo levanté mi vidrio.

Los colores se habían eternizado y los aborrecía.

Cuando los pies descalzos se deslizaron por el pavimento infernal hacia mí, fijé los ojos en un punto en el horizonte al que miraba sin ver, no obstante, dos golpes suaves me obligaron a mirar una mano pequeña que había quedado a la altura de mi pecho y me pedía algo redondo.

No pude mirarlo a los ojos y sentí un alivio cuando los colores me permitieron escapar.

Luego de un tramo, al mirar hacia atrás, las naranjas habían levantado vuelo, nuevamente.

Las ventanas

Desde entonces no me duele la soledad, porque sé que vive mi redentor...

Jorge L. Borges *"La casa de Asterión"*

Corría de un lado a otro sin rumbo como queriendo huir de algo que llevaba dentro. A veces se detenía y quedaba observando las paredes ciegas. A su alrededor pasillos lúgubres que parecían llevar hacía la nada misma. Llamaba como esperando obtener una respuesta, pero la única era su voz amplificada miles de veces.

No recordaba un invierno tan crudo. Con el paso de los años el frío se había acentuado y se prolongaba cada vez más. Las jornadas grises y tristes tenían el efecto de agrandar la casa hasta hacerla insoportable. Las horas pasaban indiferentes y transformaban a los días en uno solo.

Su pasatiempo preferido era subir a la parte superior y observar por las ventanas. Desde allí podía ver otras casas e imaginarse la vida que habría dentro de ellas.

Le gustaba mirar las ventanas de las otras moradas porque había escuchado que ellas decían mucho de quienes las habitaban. La mayor parte del día las suyas permanecían abiertas, incluso de noche.

Muchas veces, luego de un día atareado, se dormía en cualquier lugar y cuando despertaba ya era tarde. Las ventanas estaban cerradas y la oscuridad era absoluta. Siempre sentía miedo en esos momentos. No sabía a ciencia cierta si había despertado o estaba soñando; su cuerpo se volvía liviano —tan solo de unos cuantos gramos— y se sentía flotar; era un mundo ilógico donde personas que nunca había visto se mezclaban con monstruos de pesadillas. Una vez pudo ver su casa desde las alturas e imaginó que así debía ser la muerte. De la nada aparecía en otros lugares y lo peor era la sensación de hallarse lejos de todo.

Las noches eran largas y penosas; esperaba con ansias las primeras luces, sentía un gran alivio cuando las ventanas se abrían y cual fantasmas las sombras corrían a ocultarse en los rincones. Afuera el frío no daba tregua y el ruido del viento filtrándose por algún resquicio hacía que se estremeciera. Entonces se acurrucaba frente a la chimenea que estaba en el centro de la morada y brindaba calor a todas las habitaciones. En esos momentos se acordaba —y sentía un poco de vergüenza— de la vez que quiso abandonar la casa: era un día de invierno como el que arreciaba afuera, abrigaba tanta soledad que sin pensarlo tomó la decisión, pero un segundo antes de hacerlo se arrepintió. Cada vez que lo recordaba —y aunque sabía que nunca lo hubiese hecho— sus ojos se ponían húmedos y como perdidos. Luego con una mueca de resignación de sus labios espantaba esos recuerdos y continuaba.

Con los años los vidrios de las ventanas se habían opacado y la luz que pasaba por ellos disminuyó, haciendo que la casa permaneciera en penumbra aún en horas tempranas. La chimenea también había sentido el paso del tiempo; antes mantenía cálidas a todas las habitaciones pero desde hacía un tiempo prolongado, la única forma de no pasar frío era permaneciendo junto a ella.

Cierto día, mirando por las ventanas, supo que llegaría el momento en que inexorablemente debería dejar la casa en la que tantos años vivió.

Al contrario de lo que se esperaría, no sintió tristeza. Se sentó al lado de la chimenea que apenas conservaba unas cuantas brasas cubiertas de cenizas y desde ese día no volvió a mirar por las ventanas.

Las últimas luces se desvanecieron en la penumbra. Miró sus manos para cerciorarse de que aún seguía en este mundo y un sueño de siglos vino a hacerle compañía.

Esa noche durmió plácidamente, los fantasmas y la soledad se disolvieron como la niebla.

Desde las alturas pudo observarse y esta vez su casa le pareció extraña, como si ya no le perteneciera.